AF309895

35 JOURS EN PRISON

OU

LE COMPLOT DE LA RUE RUMFORT

DIT DES 45.

Arrestation.—Visites domiciliaires.—6 jours au secret. —Interrogatoires. — L'écrou de la Conciergerie. — Cellules et cabanons. — Notre entrée dans le monde justiciable. — Bataille. — Improvisations poétiques.— Régime de la prison.—Salle des Girondins.—Salle Ravaillac.—Salle de la Reine.—La paille et la pistole. —La duchesse.—Le pain noir.—L'abbé Montès.—La messe des prisonniers, etc.

AR UN DES 45.

Prix : 30 cent.

PARIS,

DESLOGES, ÉDITEUR,

31, RUE SAINT-ANDRÉ-DES-ARTS.

1850.

35 JOURS EN PRISON

OU LE

COMPLOT DE LA RUE RUMFORT

DIT DES 45.

I

On a bien raison de dire que tel qui rit vendredi dimanche pleurera, et qu'on n'est jamais sûr en se levant de la manière dont on se couchera.

Ce qui m'est arrivé en est une preuve bien frappante.

C'est à tous les cœurs sensibles aussi bien qu'aux amis de la liberté que j'adresse ces quelques pages. Elles ne seront pas des moins curieuses parmi les documents de l'histoire de notre époque.

Le parti légitimiste désirant user d'un droit

conféré à tous les citoyens par la constitution, a voulu fonder dans plusieurs arrondissements de Paris, des comités en vue des élections. Invité sous ce prétexte à me rendre le 26 novembre rue de Rumfort, numéro 16, chez M. Patras de Campaigno, je m'y rendis vers huit heures du soir sans penser à mal.

Toutes les personnes présentes m'étaient à peu près inconnues et il était manifeste à voir leur contenance embarassée, que plusieurs des assistants venaient là pour la première fo's. On chuchottait à l'oreille les uns des autres pour s'enquérir du nom de tel ou tel des survenants.

Un monsieur fit la proposition d'ouvrir la séance par la lecture à haute voix d'un article du journal *la Mode*, intitulé, je crois : *Voyage à Forhsdorf*. On applaudit à cette idée qui devait satisfaire l'impatience des plus ennuyés. L'auteur de cet article racontait ses impressions à la vue de M. le comte de Chambord et son entrevue avec les délégués des ouvriers de Paris.

Cette lecture était à peine terminée qu'un homme de haute taille s'avança au milieu de nous, et, levant les basques de sa redingote, il nous montra son écharpe en énonçant sa qualité de commissaire de police. Puis il s'assit près de la table qui devait servir à notre président et de-

manda quel était le maître de l'appartement?
Pendant ce temps, une nuée d'agents se glissait le
long des murs et formait autour de nous un cer-
cle infranchissable.

Il est impossible de rendre exactement l'effet
de cette scène qui avait quelque chose d'effrayant.
Et pourtant tout le monde souriait, les visages
exprimaient le plus grand calme. M. Patras de
Campaigno, comme maître de maison, comparût
le premier devant M. le commissaire, puis chacun de nous déclara successivement ses nom,
profession, demeure, etc., etc. Nous pensions
que ces formalités, une fois remplies, il nous serait loisible de regagner nos demeures, mais nous
fûmes bientôt détrompés. Les agents nous fouil-
lèrent très minutieusement. On nous enleva nos
papiers et jusqu'à nos portefeuilles. Les heures
s'écoulaient, il était près de minuit. Alors nous
fûmes placés au milieu des agents, flanqués eux-
mêmes de voltigeurs et de sergents de ville en
costume. C'est dans cet appareil, au grand émoi
des habitants du voisinage, que nous nous ren-
dîmes à la préfecture de police, où l'on nous
plaça dans le corps de garde destiné aux sergents
de ville.

Un second commissaire de police, délégué du
préfet, nous fit comparaître tour à tour près de

lui. Là, fouillés de nouveau avec une extrême rigueur, mais sans succès quant à moi, on ordonne à plusieurs gardes de m'accompagner à mon domicile pour que perquisition y fût faite en présence d'un commissaire de police. Chacun de mes compagnons de mésaventure fut l'objet des mêmes soins.

Ma portière fut très-émue en me voyant arriver en cette compagnie, et la pauvre femme s'imaginait que celui qu'elle appelait la perle des locataires avait commis un assassinat. Ses paroles me touchèrent, el e m'accab ait de questions, elle me recommandait aux bontés des agents, et leur disait que j'étais son locataire depuis onze ans.

Les agents examinèrent tous mes papiers, toutes mes correspondances, tous mes manuscrits. Puis, après des investigations minutieuses, l'un d'eux poussa un cri de joie, annonça à ses compagnons une découverte importante. Il avait mis la main sur une dixaine de cartouches qui m'avaient été confiées pour mon service de garde national, au mois de juin, et dont je devais comp e à mon sergent major. Ces messieurs firent de cette trouvaille une grande affaire. Procès-verbal fut dressé par eux. Enfin, lassés de chercher, ils me reconduisirent à la préfecture de police, où l'on me restitua le portefeuille saisi sur moi rue de Rumfort.

Le premier épisode de cette arrestation était terminé.

II

On me dirigea par des couloirs qui mènent à la conciergerie; souterrains éclairés par des lampes fumeuses, voûtes fantastiques qui ont vu bien des infortunes depuis les martyrs de 1793, jusqu'aux victimes de Louis-Philippe, devenus à leur tour les tortionnaires de leurs ennemis les aristocrates et les bourgeois d'aujourd'hui.

Les guichetiers firent entendre autour de nous des observations analogues à celles avec lesquelles ils accueillent toujours les prisonniers nouvellement écroués, mais il était évident qu'ils obéissaient à des idées d'exagération dont j'ignore la source.

— Il fallait attendre, disait l'un d'eux, le commissaire s'est présenté trop tôt; si c'eût été moi, j'en aurais pincé quatre ou cinq cents.

Il se trompait d'autant mieux que la salle où nous avions été arrêtés n'eût pu contenir plus de cinquante personnes.

Après avoir monté un escalier tortueux, à peine

éclairé, on me fit traverser une salle froide : de là on m'introduisit dans une pièce mal éclairée, et la porte se referma sur moi.

Le plancher était couvert de corps étendus sur toute la surface du sol. Je me trouvais donc saisi d'inquiétude en pensant que j'allais me trouver côte à côte avec des détenus pour crime de vol ou d'assassinat, lorsqu'une voix connue retentit à mon oreille :

—Tiens! c'est D.... ! tant mieux ! nous ne sommes encore ici que des prisonniers de la rue de Rumfort !

Alors tous les hommes, couchés et silencieux, s'écrièrent à l'unisson : Bravo !

C'est qu'ils avaient craint, ainsi que moi, le contact des bandits, et, il faut le dire, le directeur de la prison nous avait épargné cette avanie.

La conversation devint générale : chacun racontait les circonstances de la visite domiciliaire qu'il avait subie; on se perdait en conjectures sur les causes de cette arrestation. Que veut-on? disaient plusieurs d'entre nous. Pourquoi M. le Préfet entreprend-il cette croisade contre les légitimistes qui sont les amis de l'ordre et de la société? S'il veut s'attaquer aux révolutionnaires, ainsi que sa proclamation nous l'annonce, n'aurait-il pas trouvé en nous de braves et ardents soldats aux jours de l'insurrection?» L'un de nous affirma qu'il avait entendu dire que l'on avait manqué d'assassiner le Président au moyen d'un tonneau de poudre placé en face de l'église, et que l'explosion avait tué un grand nombre de personnes. Il raconta son anecdote avec un grand sang-froid, et plusieurs de nous y ajoutaient foi, quand un éclat de rire interrompit la narration : — C'est l'histoire de la machine infernale, s'écria l'un des auditeurs, et il entonna *la complainte* fameuse sur le premier consul et sur saint Régent.

Ce fut le signal des chansons, et nous nous en donnâmes à cœur joie. Depuis la chanson de Roland, dont le refrain est : *Vive le roi, vive la France* ! et qui vaut bien la sanglante Marseillaise jusqu'au refrain si populaire : *Vive Henri IV, vive ce roi vaillant* ! On nous laissa sur ce point toute liberté, et cela dura tout le jour suivant. Les oreilles républicaines en rougirent dans toute leur étendue et longueur.

Le deuxième jour nous reçûmes la visite du chef de la prison, on l'entoura. On l'accabla de questions auxquelles il répondit de son mieux. Il nous demanda si nous avions à nous plaindre de nos gardiens. Nous répondîmes que non, d'une

1*

voix unanime. Nous étions en effet livrés à nous-
mêmes la plupart du temps, et rien ne sentait la
persécution ou l'inquisition de la part de ces hommes q i sont d'anciens soldats, un peu rudes,
mais humains et bienveillants.

III

M. Broussais, juge d'instruction nous manda
près de lui pour subir le premier interrogatoire,
à la suite duquel il ordonna la mise en liberté de
vingt-six d'entre nous. Cette séparation fut ac-
compagnée de nombreux témoignages d'amitié
réciproque de la part des prisonniers. Ceux qui
recouvraient leur liberté laissèrent aux autres
tout l'argent qu'ils avaient sur eux et c'était bien
peu de chose.

Le 2 décembre, on envoya à Sainte-Pélagie, huit
des nôtres. Je restai avec les autres à la conciergerie, tous inculpés du délit de société secrète,
et de complot. On nous avait tenus au secret, le
magistrat recherchait avec soin tous les indices d'un
complot contre la sûreté de l'État et ce qui pouvait établir l'existence d'une *société secrète*. Pendant cette partie de notre détention, qui dura six
jours, nous fûmes tenus avec quelque rigueur,
confinés dans une étroite chambre, n'ayant

qu'une paillasse et une couverture pour nous ga-
rantir du froid.

Enfin on nous fit passer dans le pavillon du
Sud, qui a vue sur la cour commune. Cinq d'entre
nous eurent une chambre seule, les six autres
s'installèrent dans une pièce chauffée par un poële.
Ce fut alors que nous eûmes la faculté d'écrire à nos
parents et amis. Moi, je n'avais personne, ni parents, ni famille, et mon commerce, peu consi-
dérable, ma seule ressource, était à l'abandon.
Mais je reçus dans cette circonstance des témoignages de zèle d'une femme active et honnête qui demeure dans la même maison que
moi.

Je la chargeai de quelque recouvrements.

Elle se présenta chez plusieurs libraires qui
me devaient de faibles sommes. En trois en-
droits, chez L. Br. et F, elle fut repoussée,
et deux de ces personnes connues pour leur ardeur
de propagande révolutionnaire, me firent une
bien cruelle et bien inique application des
doctrines contraires à la propriété. Ils nièrent
leurs dettes, refusèrent de régler tout compte et
parlèrent durement à la pauvre femme qui se
présentait à eux. Par bonheur, je trouvai plus de
justice dans un de mes débiteurs, M. L.., libraire, qui voulut bien me payer cinquante francs

et qui offrit généreusement de verser un cautionnement de cinq cents francs, à l'effet d'obtenir ma mise en liberté provisoire. Qu'il me soit permis de consigner ici l'expression de la reconnaissance que m'inspire son bon procédé.

IV

Pendant les six jours de notre secret, nous avions reçu chaque jour 45 pains, il nous en restait 15 à 20 que nous envoyions chaque matin aux détenus les plus nécessiteux de la cour : les gardiens en les leur remettant leur disaient : voilà ce que les blancs vous envoient, ces dons répétés diminuèrent la répulsion que les voleurs ont généralement pour les légitimistes leurs adversaires naturels, et comme parmi ces accusés beaucoup n'étaient pas entièrement pervertis, un d'eux des plus instruits et que sa mauvaise étoile plutôt que le vice avait amené là, profitant de leurs bonnes dispositions et apprenant que dans la journée nous allions être parmi eux, dit : ces légitimistes qui ne sont pas les riches du parti vous ont envoyé pendant plusieurs jours des pains blancs pour vous régaler ; c'était le denier du pauvre ; s'ils viennent ici qu'ils soient les bien-venus, ne soyons pas ingrats. Oh ! oh ! s'écria un loustique révolutionnaire récalcitrant,

vous allez voir que les ca*r*listes nous protègent.
Eh bien, oui! répliqua notre défenseur officieux,
car si nous ne couchons plus sur la paille, c'est
aux blancs que nous le devons. Ce n'est pas vrai,
dit le *démoc-soc.* C'est vrai, dit un troisième, j'ai
entendu raconter cette histoire à un employé
d'ici ; camarades, je la connais cette histoire
aussi bien que les employés. Tous s'écrièrent
d'une commune voix : raconte nous-la. La voici :

En 1816 ou 1817, la duchesse de Berry
désira visiter la célulle où la reine Marie-Antoinette fut enfermée par ce brigand de Robespierre
et sa clique de 1793 : ce devoir de famille rempli,
elle, qui jamais n'oublia les pauvres, voulut aussi
visiter les cabanons des détenus.... C'était une
brave femme, au cœur de reine et la digne mère
de celui qu'on appelle Henri V..., les guichetiers
la conduisirent aux cabanons, à la vue des mi-
sères d'un tas de pauvres diables, détenus pré-
ventivement et couchés pêle-mêle comme des
caïmans, sur des tas de paille.

La duchesse témoigna sa surprise de ce qu'on
traitait comme des condamnés, des hommes
qui pouvaient être déclarés innocents. « Il n'est
pas juste de les traiter de la sorte, l'équité veut,
et c'est ma volonté, que ces malheureux soient
couchés aussi bien que ceux qui ont le moyen de

payer la pistole, je ne veux pas rabaisser les riches, mais je veux en ce cas rapprocher entre eux
et les pauvres les distances; e veux faire en petit
ce que les rois de ma famille ont fait sur une plus
vaste échelle depuis huit cents ans. » Huit jours
après chaque détenu avait un bon lit et des draps
blancs changés tous les vingts jours.

— Allons donc reprit un des révolutionnaires
auditeurs, il n'y a plus de duchesses, sous la République!

— Mais il y en a eu, reprit sévèrement un autre, et on n'interrompt pas comme cela!... C'est
malhonnête et pas français.

— Oui! c'est malhonnête, poursuivit le narra-
teur. C'est même très-bête...

Sa sollicitude bienveillante s'étendit également
à la nourriture des détenus, elle reçut de notables
améliorations Jusque-là, la ration des prisonniers se composait d'un pain noir d'une livre et
demie et d'un bouillon maigre à dix heures. « A
partir de demain, dit la duchesse, je veux que le
pain noir soit remplacé par un pain blanc, qu'en
outre, à quatre heures, chaque homme reçoive
un plat de bons légumes variés soit en riz, soit en
haricots, pois, fèves, pommes de terre, lentilles, etc.
Je veux que deux fois par semaine, le dimanche et
le jeudi, on distribue aux détenus du bouillon gras

le matin et une livre de bon bœuf pour trois hommes le soir. » Ces bienfaits s'étendirent à toute la F ance... Voilà, dit en terminant l'orateur, ce que vous devez à la reine des *Blancs* !

Beaucoup de nous ont été ingrats par ignorance, la lumière m'est arrivée ici, elle vous arrive à l'instant, à d'autres ce triste rôle d'ingratitude.

L'auditoire était ému, plusieurs voix murmuraient des *vivats* que nous n'osons reproduire ici, et vive les blancs !... Chut, dit l'orateur, les révolutionnaires pourraient nous entendre, vous savez qu'ils ne reculent devant aucun forfait, les massacres des prisons des 2, 3 et 4 septembre 1793, doivent nous inviter à la prudence.

Ainsi notre entrée dans ce nouveau monde se fit tout naturellement, malgré les excitations des révolutionnaires.

Les gardiens nous ayant avertis que nous pouvions descendre dans la cour, nous profitâmes de cette permission pour la première fois depuis sept jours, d'aller prendre l'air pur, aussitôt nous descendîmes dans cette cour où quatre-vingts à cent détenus se promenaient, nous en entendîmes plusieurs dire aux autres : « voilà les bons blancs, voilà les beaux blancs, ils ont l'air bons enfants et pas fiers. »

Après avoir visité cette cour, les corridors et la salle ronde où fut détenu Ravaillac, et qui sert l'hiver de chauffoir, nous rentrâmes dans notre chambre principale, à l'exception d'un seul d'entre nous, dix minutes après il fut assailli par cinq à six révolutionnaires à la tête desquels se trouvait un sieur R. homme très-violent, les gardiens allèrent séparer les combattants et firent rentrer notre ami, puis, par mesure de sûreté, on nous interdit l'usage de la cour.

V

Voici quelle est à peu près la vie des prisonniers :

A sept heures du matin, une cloche tinte pendant cinq minutes ; les prisonniers se lèvent, font leurs lits, balayent et époussettent leur chambre. A huit heures, la cloche sonne de nouveau ; les gardiens ouvrent alors toutes les cellules, et l'on voit les prisonniers se répandre dans le préau. A neuf heures, se fait la distribution du pain, qui est blanc, de bonne qualité et en quantité suffisante (une livre et demie). On mange la soupe vers dix heures ; c'est un espèce de brouet pareil à la julienne épaisse. Vers trois ou quatre heures, c'est le tour des légumes, qui sont assez bien préparés. On ne reçoit du bouillon gras et du bœuf que les jeudis et les dimanches.

A cinq heures, au signal donné par la cloche, chacun doit rentrer dans sa cellule. Ainsi, on passe quinze heures enfermé, et le reste dans les cours ou dans le chauffoir.

Il y a une salle de bains bien tenue, j'en profitai ainsi que la plupart de mes amis.

Le vénérable abbé Montès, âgé de quatre-vingt-quatre ans, dit la messe chaque dimanche, et prononce un sermon ; c'est dans la chapelle où les Girondins passèrent leur dernière nuit, livrés, comme on sait, à des discours mondains et à des déclamations contre l'ordre de choses ré-publicain, que leurs manœuvres et leur audace avaient tant contribué à établir, et que leur élo-quence ne pût sauver des plus abominables excès, ils en furent à leur tour les victimes, et n'en fu-rent pas les derniers ! La sacristie fut la prison de Marie-Antoinette, qui les avait précédés sur l'échafaud, et qu'ils ne suivirent pas dans le ciel. Ainsi, les bourreaux chantèrent aux lieux où avait prié la reine ! Je dis bourreaux, car la plu-part des Girondins s'étaient énergiquement pro-noncés pour l'extermination de la famille royale.

Pour nous dédommager de la promenade dans la cour, au milieu des criminels en récidive, le directeur de la prison voulut bien nous accorder la liberté de rester jusqu'à dix heures du soir dans une chambre où il y avait un poële, chauffé moyennant 85 centimes par jour de combustible. Nous étions, pour la plupart, dans un si grand dénûment, que nous avions quelque peine à former entre nous le montant de cette cotisation.

C'est là que nous composâmes diverses chansons sur l'air de la *Marseillaise* et sur celui des *Girondins*. Je me contenterai d'en dire les titres qui sont : *le Chant d'Honneur* et *l'Hérédité*. Je n'aurai garde d'en publier les paroles ; ce sera pour plus tard. La liberté que nous a octroyée la République nous en empêche.

VI

Cependant l'air nous devenait indispensable ; après huit jours de sequestre, M. Ysabet et moi résolurent d'aller nous promener dans la cour, où nous avions autant de droits que les révolutionnaires. Nous priâmes le gardien de service à la porte de la cour de nous l'ouvrir ; il nous fit observer qu'il ne pouvait nous satisfaire que si son chef le lui ordonnait.

Le lendemain on nous prévint que le brigadier avait ordonné de nous laisser libres d'agir, et que, comme tous les prisonniers, nous pouvions aller prendre l'air dans la cour.

Alors sept ou huit d'entre nous descendirent, et pour ôter aux révolutionnaires tout prétexte de provocation, nous nous promenions deux par deux, à de grandes distances et en sens inverse.

Tout à coup, une voix qui voulait être formidable retentit dans les cours. Les cris : *Attends ! attends ! Les blancs à la lanterne !* partirent d'une chambre de la pistole, sans que nous eussions vu la bête féroce qui menaçait littéralement de nous dévorer. Mais cette brute ne paraissait pas, et nous continuions tranquillement notre promenade, malgré le froid qui nous tourmentait. Nous désirions savoir qu'elles seraient les suites de cette menace, et il nous importait de ne pas faire retraite sans avoir rencontré l'ennemi.

Nous ne répondîmes rien à ces stupides provocations, nous ne fîmes pas même semblant de les entendre ; les prisonniers regardaient avec anxiété, comme des gens dans l'attente d'une catastrophe. Il parut enfin, mais escorté de cinq ou six de ses pairs, et barra le passage aux deux premiers d'entre nous.

Cet homme, mal famé, nous apostropha en ces termes : « Vous êtes des royalistes, des partisans de la tyrannie et des privilèges ; nous sommes vos ennemis mortels ; vous êtes des assassins, il faut qu'un parti TUE L'AUTRE, et si vous ne rentrez pas chez vous, je ne réponds de rien. »

— « Libre à vous d'être nos ennemis, lui dis-je ; pour nous légitimistes, nous ne sommes les ennemis de personne ; nous ne voyons dans la plupart de nos adversaires politiques que des frères égarés et trompés par d'ignobles intrigants, à ramener par le raisonnement. Nous n'avons de haine pour personne, et nous sommes prêts à fraterniser avec tous les Français. Vous nous appelez des assassins, et vous dites qu'il faut que les uns tuent les autres. c'est-à-dire que vous voulez assassiner ceux qui ne pensent pas comme vous. Vous nous appelez des partisans des privilèges ; vous ignorez donc que ce sont les rois Bourbons qui ont aboli les privilèges autant qu'il leur a été possible. C'est vous qui êtes des partisans des privilèges, vous qui voulez monopoliser la promenade de cette cour, vous qui *ne répondez de rien*, c'est-à-dire de nous assassiner si nous n'obéissons pas à votre volonté absolue et tyrannique de quitter cette cour. Apprenez que, détenus politiques ou autres, et quelles que soient les opinions, nous sommes tous égaux ici, nous ne commandons rien à personne, et aucun détenu n'a aucun ordre à donner ici ! »

C'est ainsi que je retournais contre lui-même toutes ses récriminations absurdes ; il faut le dire, j'ai vu un détenu révolutionnaire blâmer hautement ce vendale qui, troublé, balbutiait et ne savait que répondre à mes justes réfutations, mais qui restait furieux ; j'eus bientôt acquis la certitude qu'il était extrêmement borné et qu'il ne comprenait rien aux questions politiques.

Nous en étions là de la discussion, lorsque le chef des gardes vint s'interposer entre les deux partis, et nous pria de nous éloigner, puis il entraîna à quelques pas ce furieux.

Dans un des coins de la cour, 10 à 12 détenus révolutionaires délibéraient mystérieusement, plusieurs vinrent dire qu'ils préparaient des couteaux, l'alarme se mit parmi les gardes responsables de tout accident, aussitôt on nous enjoignit de rentrer chez nous.

Les révolutionnaires voulant célébrer leur *victoire* (bien honteuse), ralièrent tout ce que la cour renfermait de plus crapuleux (12 à 15) et se mirent à entonner les chants les plus révolutionnaires.

Un refrain qui m'était tout à fait inconnu et qui fut bien souvent répété, fixa mon attention, le voici dans toute sa crudité :

> Vive la canaille,
> Et les amis qui sont ici,
> Couchés sur la paille
> Et mangent du pain bis.

Ce refrain était suivi des cris de vive la République démocratique et sociale!

Je suis étonné que le Gouvernement mette en contact les révolutionnaires repris de justice avec les autres repris de justice, ils versent dans le cœur de ces derniers des doctrines mille fois plus subversives que celles pour lesquelles ils sont détenus, à tel point que les voleurs, après avoir été initiés aux doctrines révolutionnaires, se croient les plus honnêtes gens du monde, et deviennent d'une violence extrême envers la société, les révolutionnaires leurs disent : « vous êtes des martyrs de la société actuelle : ils (les gens honnêtes) vous traitent en voleurs, et ce sont eux qui sont les spoliateurs et les assassins du peuple : quand nous serons les maîtres, vous serez tous mis en liberté et vous viendrez nous aider non pas à emprisonner nos ennemis qui sont les vôtres, mais à les guillotiner (1); d'ailleurs nous ne voulons pas nous

(1) Premier décret socialiste :

Confiscation au profit de l'Etat, seul propriétaire d

ennuyer à les garder ni perdre les vivres à les nourrir, il n'y en aura pas trop pour nous.

Un employé nous disait un jour : « nous avons encore quelques sympathies pour les détenus ordinaires, mais pour les détenus révolutionnaires, cela nous est impossible, les sentiments qu'ils manifestent sont si horribles, leur cynisme est si dégoûtant, qu'on les croirait vomis par l'enfer, ils ont constamment le mot fraternité à la bouche et ils ne parlent que de tuer tout ce qui ne partage pas leurs folles théories.

Tout ce qui a quelques rapports avec eux est constamment en butte à leurs brutalités : lorsqu'on leur distribue le pain, ils le trouvent trop ou pas assez cuit, trop ferme ou trop tendre, le bouillon à mille défauts, les légumes, les animaux n'en mangeraient pas, la viande, c'est du cheval, etc.

Tandis que vous, Messieurs, vous ne vous plai-

toutes choses, des biens meubles et immeubles, des marchandises, denrés, outils, bijoux, linge, enfin de tout ce qui existe : inventaire sera fait.

Destruction de tous les titres :

Les détenteurs pourront rester provisoirement gardiens (si toutefois ils n'ont été tués) car il est dit que tous les adversaires des socialistes et ceux qui n'ont pas pris ouvertement parti pour eux seront tués, autrement la part de chacun serait trop misérable.

gnez ni de la police, qui dîtes-vous avait le droit de vous arrêter, puisque vous étiez réunis au nombre de plus de 21, ni des magistrats instructeurs, ni des gardiens; les vivres, vous les trouvez bons, vous n'éprouvez ici que l'ennui de ne pouvoir vaquer à vos affaires, votre conduite, votre langage est celui de la raison.

Le lendemain de notre dispute, le chef des gardes vint nous dire, Messieurs, je vous ai fait sortir hier de la cour, cependant vous avez le droit de vous y promener depuis 8 heures jusqu'à 5, et si vous voulez y aller, je vais prendre des mesures immédiates pour assurer la libre jouissance de votre droit, à moins que vous ne vouliez bien attendre jusqu'à demain ou après au plus tard, nous répondîmes que nous ne voulions lui causer aucun embarras et que nous trouverions bien tout ce qu'il ferait, que du reste nous tenions peu, vu la rigueur de la saison, à nous promener dans la cour, mais que, d'un autre côté, il était de sa dignité, de la nôtre, de ne pas céder à des prétentions absurdes, que du reste la discipline de la maison en souffrirait, etc. Deux jours après, trois de ces bandits furent transférés dans une autre prison et aussitôt l'ordre fut donné de nous laisser aller dans la cour. Je m'empresse de le dire, plusieurs révolutionnaires vinrent au devant de nous, nous manifester le dégoût que leur avait inspiré l'attaque des leurs.

Ce fut la dernière altercation *politique* que nous eûmes avec les *politiques* d'une autre couleur que la nôtre.

Dans le courant du mois de décembre, nous subîmes trois interrogatoires devant le juge d'instruction, enfin le 31 décembre 1849, à 2 heures de l'après midi, je fus mis en liberté avec deux de mes compagnons d'infortune ; il n'en resta dès lors plus que huit à la conciergerie et sept à Sainte-Pélagie, qui furent également tous mis en liberté provisoire, à l'exception de M. Patras de Campaigno qui est encore sous les verroux. Ces quinze sont réservés pour passer devant les assises, sous l'inculpation de participation à une société secrète et à une réunion illégale.

Tel est le résultat succinct de cette affaire qui a fait tant de bruit dans les journaux de toutes les couleurs.

Quel était le but de cette société? De s'organiser dans l'intérêt de l'ordre ; de faire respecter la volonté de l'Assemblée Législative et de la majorité des électeurs dans leur vote sur la forme du gouvernement, s'il leur était demandé.

VII

Mais cette organisation n'était qu'un projet :

car le jour de notre arrestation plusieurs des 45, si ce n'est même tous, s'étaient réunis dans l'intention de renoncer à toute organisation et avec la résolution bien arrêtée, de brûler ou faire brûler tout écrit ayant rapport à cette organisation qui était loin d'être secrète, puisque le chef proposait à tout venant, même aux agents de police, de faire partie de sa société, plusieurs ont accepté, plusieurs ont refusé; s'il eût eu occasion de parler à M. le préfet de police, je crois qu'il lui eût fait la même proposition.

Dans une société secrète on n'est admis qu'avec certaines précautions, dans celle de la rue Rumfort, le premier venu pouvait entrer seul et personne ne lui demandait qui il était : le commissaire et ses agents diront qu'i s sont entrés sans obstacle un de nous qui le connaissait, lui dit en l'apercevant : « Tiens vous venez avec nous, un autre dit à l'officier de voltigeurs qui le suivait et qui le reconnût, vous êtes des nôtres: plusieurs en voyant la foule d'agents en bourgeois se précipiter parmi nous, s'écrièrent: mais la salle sera trop petite! La vérité ne fut connue, que lorsque le chef eût déclaré sa qualité de commissaire.

La veille de ma mise en liberté, j'avais rédigé une pétition que je me suis dispensé d'envoyer à son adresse.

En supposant donc qu'on eût donné suite à cette organisation, les buts avoués n'ont, selon moi, rien de repréhensible. Et d'ailleurs, comment en supposer d'autres à celui qui en avait conçu le projet; quand on le voit mettre son entreprise sous la protection de la religion, en y introduisant un aumonier d'un mérite tel que celui de M. l'abbé Matalène compromis dans l'affaire de la rue Rumfort : il n'en est pas un des moindres personnages ; auteur du vaste *Répertoire Universel et Analytique de l'Écriture-Sainte*, du *Code des Peuples et des Gouvernements*, des *Droits des Peuples*, de *l'anti-Copernic et du Grand secret de l'exagération des calcu's coperniciens dévoilés*, etc. Ce n'est pas sous un tel caractère que cette organisation aurait jamais pu penser à porter le désordre ni la guerre civile dans les rues de la capitale de la ci vilisation, et de la France

—

LA JUSTICE SOUS LES GOUVERNEMENTS RÉVOLUTIONNAIRES.

Je ne parlerai pas de la justice sous la première Révolution, il n'y en avait pas ; tout le monde connaît l'affreux régime de la loi des suspects. Arrivons à la justice du régime de 1830.

En 1841, je publiai une physiologie dite du *Parapluie*, ayant pour auteurs deux employés du Gouvernement ; sur 16 chapitres, un seul était politique et critique de la Révolution de 1830 en style plaisant, dans le genre du *Charivari*.

Les trois exemplaires de formalités furent déposés et un récépissé me fut remis en me disant que je pouvais me retirer ; le lendemain, le commissaire vint me déclarer procès-verbal pour mise en vente d'un livre renfermant des gravures non autorisées par la censure, mais attendu mes bons antécédents on ne saisit pas mon livre, on me promit même de ne pas me faire de procès, on m'engagea, pour plus de sûreté, à ne pas les exposer en vente, et, s'il s'en trouvait, de les retirer.

Mon commis et moi courûmes de tous côtés pour retirer les quinze volumes vendus à deux libraires, le matin même, quatorze furent repris, un seul m'échappa ; six jours après, un employé de l'administration de la librairie dit au chef de bureau qu'il venait de voir à l'étalage de M. Prévost, libraire, rue Bourbon-Villeneuve, 61, un volume de la *Physiologie du parapluie*. M. Prévost avait été acquitté deux fois par la cour d'assises pour publications de brochures républicaines, un commissaire fut en toute hâte lui déclarer procès-verbal de saisie et comme on ne pouvait pas le poursuivre seul, le commissaire vint m'annoncer que l'administration, malgré son estime pour moi (1), était dans la nécessité de me comprendre dans les poursuites dirigées contre M. Prévost. On voulait me perdre à tout prix. Alors on saisit mes trois mille volumes. Les poursuites contre M. Prévost étaient iniques, car il était tout à fait étranger à la publication de cette *Physiologie*, et pour le perdre on me perdait doublement.

Traduit en police correctionnelle, notre condamnation était certaine, mais les juges reconnaissant notre bonne foi ne nous condamnèrent qu'au minimum de la peine, *un mois de prison* et 169 fr. d'amende, y compris les frais; pour compléter cette iniquité, envers M. Prévost, le Gouvernement me ruina complètement.

Il me confisqua pour 3.000 fr. de livres.

169 fr. d'amende, puis mon commerce fut abandonné pendant le mois que je passai en prison à un enfant de 15 ans mon employé; toutes ces circonstances me mirent dans l'impossibilité de satisfaire à toutes mes échéances, ce qui m'occasionna des frais, que je n'estime pas à moins de huit mille francs.

Sous le régime républicain de 1848, l'iniquité n'est pas moins absurde que sous celui déjà cité.

Au mois d'avril 1849, M. Bravard, avocat, m'envoya un petit volume en feuilles pour le lui brocher. Ce travail terminé, je lui renvoyai ses livres, en le prévenant que j'en gardais un exemplaire de curiosité pour moi.

L'imprimeur n'avait mis son nom que sur la

---

(1) En 1835 à la suite d'une enquête, qui dura 6 mois, sur mes antécédents, laquelle prouva que j'étais sans reproche, il me fut délivré un brevet de librairie.

couverture du livre, cet oubli involontaire m'est on ne peut plus funeste, la possession de ce seul exemplaire m'a valu un procès en police correctionnelle où j'ai été condamné à 2,000 fr. d'amende, plus 232 fr. 75 centimes de frais pour mise en vente d'une brochure sans nom d'imprimeur 1), bien qu'il soit prouvé que je n'en ai pas vendu *un seul exemplaire* et que je n'en ai pas mis en vente, puisque je demeure en chambre.

Aussitôt que l'imprimeur eut connaissance de son oubli il le répara et depuis ce livre est en vente chez M. Fiquet, libraire (2).

Lorsqu'en 1814, on fit cette loi portant peine de 5,000 fr. d'amende contre l'imprimeur, et de 2,000 fr. contre tout libraire, ayant imprimé ou vendu un écrit sans nom d'imprimeur, les législateurs ont entendu réprimer les abus infâmes que faisaient des imprimeurs et des libraires en vendant et imprimant des ouvrages prohibés et non punir de la même peine, un simple *oubli* de mettre le nom de l'imprimeur sur un ouvrage avouable, non prohibé.

PROBITÉ DES RÉVOLUTIONNAIRES.

Si les gouvernements se sont acharnés à ma ruine, les révolutionnaires ont avec eux rivalisé de zèle.

(1 Un livre ne portant le nom de l'imprimeur que sur la couverure est réputé être sans nom: jusqu'en 18 1 le nom de l'imprimeur à la couverture a suffi, mais le fisc, à force d'obsessions, a fini par obtenir condamnation si le nom n'était pas répété à l'intérieur du livre.

(2) Par erreur sans doute, le commissaire a consigné dans son procès verbal un fait faux qui a été cause de ma condamnation, il me suffira de le lui signaler, et je suis certain qu'il le reconnaîtra, à cet effe., je lui demande une audience.

Sur environ 150 de mes débiteurs, **50** ont été dans l'impossibilité de me payer, ceux-là je les plains du plus profond de mon cœur, car je ne trouve pas de sort plus malheureux pour un honnête homme que de ne pouvoir payer ce qu'il doit, mais aussi, s'il y a quelque chose de bien méprisable, c'est l'homme qui peut payer ce qu'il doit et qui ne paie pas.

J'ai voulu connaître l'opinion politique des 90 à 100 de mes débiteurs qui auraient pu me payer et qui ne l'ont pas fait. Eh bien, j'ai acquis la certitude que tous, sans exception, étaient des révolutionnaires, et des plus avancés; parmi eux, il y a des écrivains connus et aimés du public. Ils me doivent entre eux, environ 8,000 fr. que j'offre de vendre à leurs frères et amis.

J'ai bien encore une trentaine de débiteurs que je crois très-honnêtes, mais qui vu la modicité de la somme ont oublié de me solder, et comme je n'ai à cause de leur éloignement aucune occasion d'arriver à ce resultat, je crois devoir profiter de cette circonstance pour me rappeler à leur bon souvenir et les mettre à même d'accomplir une bonne action, en publiant les noms, savoir :

MM. Bayère, libraire, à Naples. 57 fr. 25 c.
    Cabasse, libraire, à Epinal. 34 fr. 90 c.
    M Méglini, de St-Hélène.. 21 fr. 75 c.
    Michel, journaliste à Delmont (Suisse)........... 30 fr. 75 c.
    Narbel. gérant du *Nouvelliste*, à Lausanne (Suisse) 105 fr. 50 c.

La suite des noms à la prochaine édition.

Il n'y a pas un seul libraire qui ait perdu un centime avec moi, car, serait-ce deux ans après la vente, que s'il lui restait un ou plusieurs de mes livres, je les lui échangerais contre de nouvelles publications à son choix ; bien des personnes diront que ce n'est pas étonnant si je ne me suis pas enrichi : je leur répondrai que cette complaisance m'a plutôt profité que nui ; et si je ne suis pas riche, on vient de voir pourquoi ; mais dira-t-on, 15 à 20 mille francs ne sont pas une fortune, c'est possible, mais si je ne les avais pas perdus, je les aurais fait fructifier, et qui sait? aujourd'hui, je les aurais peut-être quadruplés ?

En avril 1849 je fis imprimer une pétition à l'Assemblée Législative ayant pour titre : histoire comparée du *Drapeau tricolore et du Drapeau blanc*, l'imprimeur m'ayant fait quelques observations et voulant éviter un procès, je lui dis de ne tirer que les 4 exemplaires voulus par la loi pour être déposés au parquet, et comme d'après cette nouvelle loi les imprimeurs ne doivent remettre à l'auteur son ouvrage que vingt-quatre heures après ce dépôt fait, mesure qui a pour but de mettre la justice à même de saisir tout l'ouvrage avant la mise en vente, je dis donc à l'imprimeur de n'imprimer le mien qu'après les vingt-quatre heures écoulées de sorte que si la justice désaprouvait cette pétition en venant saisir, on lui déclarerait que l'ouvrage n'a pas été tiré ou qu'on renonce à le publier ; malheureusement le commissaire ne vint que quarante-huit heures après le dépôt fait et la pétition était tirée.

Traduit en cour d'assises le 28 janvier 1850, je désirais terminer ma défense ; M. le Président, pressé de passer à une autre cause et mon défenseur craignant mon inexpérience des affaires criminelles, m'engagèrent, à renoncer à la parole. Je profite de cette occasion pour publier cette défense.

Voici un extrait de ce que j'aurais dit : En publiant mon histoire comparée du Drapeau blanc et du Drapeau tricolore, j'ai voulu venir en aide au grand parti de l'ordre; le ministère public en a pensé autrement, lequel de nous deux a eu raison? J'ai l'espoir de vous prouver que c'est moi.... ensuite j'aurais analysé tous les évènements politiques qui ont bouleversé la France et l'Europe depuis 1792, puis j'aurais fait cette observation :

« Dans le régiment où j'ai servi la France, notre
« brave colonel le baron du Bois d'Escordal réunit
« un jour les officiers et sous-officiers : Messieurs,
« dit-il, entre autres choses, lorsqu'un bon sujet
« commet sans intention une faute souvent légère,
« gardez-vous bien de le punir, vous courriez ris-
« que d'en faire un mauvais soldat, un mauvais
« sujet, seulement faites-lui sentir sa faute en lui
« observant que vous savez lui tenir compte de
« ses bons antécédents ; ce sera pour lui un excel-
« lent stimulant à remplir ses devoirs. »

Pourquoi la justice n'agit-elle pas ainsi? autrement elle jette le découragement dans le cœur de 4 à 5 mille habitants de Paris chaque année, en traquant les honnêtes gens qui, par hasard, par erreur et sans le vouloir, commettent des contraventions, elle en fait des ennemis de l'ordre ou au moins des indifférents ; et, croyez-le bien, cette incurie est pour beaucoup dans le succès du désordre qui dévore la capitale.

Tout délit, toute contravention doivent être réprimés, mais avant de traîner un citoyen à la barre d'un tribunal, une commission dite de *conciliation* devrait entendre l'inculpé, et si ses antécédents, les raisons produites militaient en sa faveur, elle devrait transiger et éviter tout éclat, principalement la comparution en cour d'assises. Si on eût agi de la sorte à mon égard et s'il m'eût été prouvé que mon écrit était dangereux, je vous assure que j'aurais consenti de grand cœur à son anéantissement.

Je défie qu'il me soit prouvé qu'il existe un Français plus dévoué que moi à son pays et à l'ordre, et qui plus que moi et ma famille en aient donné des preuves. Nous ne nous sommes pas borné à servir la France, nous avons fait mieux encore ; tous, nous nous sommes sacrifiés pour elle :

Mon père mort il y a 17 ans a fait pour près de cent mille francs de dons patriotiques.

Mon frère Desloges Paulin, parti volontaire en 1802 dans le 9e régiment d'infanterie légère, rentré en 1814, est mort d'épuisement des suites de ses blessures.

Mon frère Desloges Alexandre parti en 1806, a été tué en Espagne sur un champ de bataille.

Mon frère Desloges Edouard, parti en 1808 dans la marine militaire, est rentré en 1814 presque nu.

Et moi 4e et dernier fils d'un citoyen vertueux, brûlant du désir d'imiter mes aînés, je suis entré volontaire à 18 ans dans le 25e régiment d'infanterie de ligne où ma bonne conduite me valut un avancement aussi rapide que les circonstances le permettaient.

Sous Louis XVIII, Charles X et Louis-Philippe, j'ai servi l'ordre avec dévouement : depuis 1848, l'ordre n'a pas de défenseur plus dévoué ; jamais mon concours n'a manqué au pouvoir ; jamais je n'ai manqué à une seule prise d'armes, à un seul service commandé ; je n'ai jamais reçu le moindre reproche; jamais citoyen n'a été plus soumis à ses chefs et n'a plus que moi prêché la concorde dans ma compagnie, et je suis poursuivi, traqué avec autant d'ardeur que s'il s'agissait d'un criminel.

Messieurs, je ne sache pas avoir, dans toute ma vie, commis la plus petite faute blâmable, à moins que ce ne soit à mon insu et malgré ma volonté.

Ma famille et moi n'avons été que des martyrs sur cette terre ; il n'est pas de peines dont je n'aie été abreuvé, et pourtant ma conscience est calme ; je suis sans reproche et par conséquent sans peur, et je défie la méchanceté et l'iniquité des hommes.

J'ai dû, pour éclairer vos consciences, dérouler ma vie sous vos yeux ; vous empêcherez, n'est-il pas vrai, le sort si souvent impitoyable pour moi de me ravir au bonheur de servir la patrie en danger ; servir l'ordre, servir la société menacée est pour moi un bonheur, un délice ; la plus grande peine qu'on pourrait m'infliger serait de m'interdire ma part de défense pour le salut de la France : les procès, les cachots, ne m'effraient pas autant que le reproche mérité d'avoir manqué à mes devoirs de citoyen.

Messieurs, quelle que soit l'injustice du pouvoir à mon egard, mon dévouement lui est acquis ; l'attaquer serait attaquer l'ordre si chancelant, que tous les hommes de bien doivent s'efforcer de consolider ; toujours je saurai faire taire mes sympathies, et les immoler à la cause sainte de l'ordre en m'unissant au Gouvernement pour combattre l'anarchie.

Je n'ai pu me faire entendre ; vous m'avez condamné au minimum de la peine (deux mois de prison et 300 fr. d'amende) ne croyez pas que j'en conserve le moindre ressentiment ; lorsque la société menacée vous réunira pour sa défense, je volerai dans vos rangs pour la sauver ou mourir.

Après m'avoir lu, gardez-vous bien de me plaindre, car mon seul bonheur sur cette terre est d'avoir souffert pour la patrie ; à chaque catastrophe qui m'arrive, je m'écrie : « sort cruel ! je te défie « de m'abattre ; jamais tu ne me vaincras ; c'est « moi qui veux te dompter ! » aussi je ne trouve rien de plus lâche et de plus méprisable que le suicide.

J'aime mes semblables jusqu'à la passion ; j'aime et j'honore ce qui est grand, ce qui est noble, j'idolâtre les traditions qui firent la gloire de ma patrie, j'aime et je vénère les familles illustres ; je serre avec bonheur la main du rustique travailleur, je console avec joie le pauvre déshérité.

Mais aussi, quelle horreur m'inspirent les intrigants qui veulent par leurs calomnies effacer toutes nos vieilles gloires, dans l'espoir de tout rabaisser au dessous d'eux et de tout dominer par leurs bassesses.

IMPRIMERIE HENRI ET CHARLES NOBLET,
Rue St-Dominique-St-Germain, 56.

www.ingramcontent.com/pod-product-compliance
Ingram Content Group UK Ltd.
Pitfield, Milton Keynes, MK11 3LW, UK
UKHW021649090726
13657UKWH00004B/1849